Kim Chul-Kyo

시인 김철교

사랑을 체납한 환쟁이

김철교 시집

사랑을 체납한 환쟁이

시학
Poetics

 '사랑을 체납한 환쟁이'라는 제목은 마치 잡곡밥을 씹는 것 같다고 합니다. 좀 까칠하기는 하지만 씹을수록 맛이 난다고 할까요?

 체납滯納은 내야 할 것을 기한까지 내지 못하여 밀린 것을 말합니다. 저는 하나님께, 주위 분들께, 문학에게 많은 사랑을 빚지고 있는데 아직도 갚지 못하고 있습니다.

 웬 환쟁이? '사랑'을 그림으로 그리는 환쟁이를 '화가'라 하면, 언어로 그리는 환쟁이를 '시인'이라고 할 수 있지 않을까 싶습니다.

 인생의 후반기에는 더욱 치열하게 살아서 빚진 사랑을 조금이나마 갚겠습니다.

2014년 정초
심재心齋 김철교

차 례

제1부 하늘을 나는 물고기

제2부 시를 읽는 아침

제3부 사랑의 아틀리에

제4부 나그네의 지팡이

제5부 시극을 위한 아리아

제1부

하늘을 나는 물고기

썩지 않는 사랑
― 신윤복의 풍속화 〈미인도〉

구름머리를 무겁게 이고
고고히 누구를 꼬나보는가
손에 든 노리개를 준
선비의 뒷모습을
붙들고 싶은가

저 불룩한 치마폭에는
얼마나 많은 남자들의
그림자를 담고 있으랴

그러나 사랑이 담길 가슴은
빈약하기만 하구나
퍼 주고 퍼 주어도
돌아오지 못할 사랑으로
메말라 가고 있으니

수많은 세월이 흘렀어도 아직
젊은 자태로 있는 것은
사랑은 썩지 않기 때문일까?

15

매 맞는 강남 부자 아들놈
— 김홍도의 풍속화 〈서당〉

까불던 졸부 자식, 훈장에게 매 맞으니
친구들이 쌤통이다 웃고 있구나
스승은 멍청한 자식을 둔
부잣집 애비가 고소해서 체통도 없이 키득거린다

저 펼쳐진 책 속에 무엇이 들어 있을까?
가난해도 배부를 수 있는 합리화 법칙?
세상 권력에 눌려 살아도 천국을 차지하는
거지 나사로의 이야기*?

이 시대 고관대작 글 보따리에 가득한
자식을 위해 위장 전입한 두툼한 기록과
육법전서 속에서만 살고 있는 정의라는 단어와
빛바랜 강남 땅 개발 예정 보물지도가
청문회 때만 되면 튀어나와
매문賣文하는 주인을 고발하고 있다

권선징악은

사후 세계까지 지경을 넓혀야

유효한가?

---

* 거지 나사로 이야기 : 『신약』「누가복음」 16장 19~31절 참조.

행복한가?

— 추사 김정희의 수묵화 〈세한도〉

솔잎마다 시詩들이 눈꽃으로 달려 있다
찬바람에 뼈가 시린 것보다
마음이 더 춥다

글 지식도 집안 배경도 곳간 가득한 쌀도
세상 힘을 만들어 내는 양념일 뿐
허기는 달랠 수 없다

겨울바람이 구석구석 후벼 파는
황량한 벌판
초가집과 벗하고 있는
청청한 소나무

그려진 것과 그려지지 않은
새파랗게 얼어붙은 여백 너머
송백이여
그대는 푸르고 싶어 푸른 것인가?
다시 묻노니, 진정 행복한가?

이 땅에서 찾아낸 천국
— 김환기의 유화 〈항아리와 매화가지〉

항아리는 달덩이가 되어
우리 마음 하늘에
휘영청 에덴을 열고

매화꽃 한 가지
가슴 한가운데
실개천으로 흐르며
끝없는 노래를 쓰고 있다

빨래터에서 한恨을 씻다
— 박수근의 유화 〈빨래터〉

빨래터에 가면
가슴에 맺힌 한을 씻을 수 있어요
마을 소식들을 돌려 가며 듣고
나만 억울하지 않음을 알고는
가슴을 쓸어내리지요

맨 왼쪽 혼자인 아주머니는
조금은 있어 보이네요
자랑을 많이 하다 왕따 당했나 보군요

두 명의 젊은 부인은
시댁 흉보느라
얼굴에는 어둠이 켜켜이 쌓여 있네요

저기 좀 늙수그레한 세 아주머니들을 보세요
엉덩이 펑퍼짐한 수다쟁이 — 아마 매파인가 봐요
이 마을 저 마을 소식 전하느라 빨래도 잊고 있네요

옆 아주머니들은 그저 듣고만 있지요
아침 며느리 투정이 가슴에 거슬려
사실은 누구 말도 들리지 않아요

빨래터의 삶은 고단하지만
물길에 응어리 씻어 보내고
남들의 고난에서 위로를 얻는
프로이트가 제일로 치는 상담실이지요

하늘을 나는 물고기
— 이왈종, 장지에 혼합 재료 〈제주생활의 중도〉

마음을 활짝 열면
물고기는 하늘을 날고
꽃가지는 땅으로 내려와
팍팍한 세상의 장독대를 닦으시는
우리 어머니 어깨에 얹혀 있는
고단함을 주물러 준다

사슴을 쫓던 사냥개도
이제는 서로 친구가 되고
벤츠에 골프채 싣고
돌아오는 망나니 아들을
어서 오라고 손짓하는
아버지의 뭉툭한 손가락엔
아직도 닳아빠진 괭이가 들려 있다

서울 마천루 숲 속 컴퓨터는
차곡차곡 돈과 명예와 권력이 쌓여

지독한 냄새 가득한 거름통이 되었지만

한라산 하늘 닿은 곳엔

아직도 물고기가 날고 있다

우리들의 연인
― 고흐의 석판화 〈슬픔〉*

잔뜩 웅크린 채 얼굴을 파묻고 있다
슬픔은 말하지 않는 것
생의 버거움을 고스란히 받치고 있는 어깨 위로
헝클어져 내린 머리카락
보이지 않는 손에 의해 살아야 하는
슬프지도 기쁘지도 않은
그림자가 짙게 드리워져 있다

그녀의 마음에는
한 사내만을 사랑해야 한다는
옹이가 박혀 있지 않아
늘어진 젖가슴으로
사내들의 등을 토닥이며
누구에게나 기쁨을 나눠 줄 수 있다

오늘 그녀를 보았다
고흐의 그림 속에서

틀 속에 갇혀 있던 슬픔이

무한 자유를 누리고 있는 것을

＊잔뜩 웅크린 채 얼굴을 파묻고 있는 나부裸婦를 그린 〈슬픔〉의 주인공은 시
엔Sien이라는 창녀. 알코올중독에 매독 환자로 이미 다섯 살 난 딸이 있었지만
고흐는 이들을 깊이 사랑했다. 비록 가족의 반대로 이들의 관계는 1년을 조금
넘기고 끝을 맺었지만 고흐에게는 행복한 시간이었으며, 화가로서도 크게 성
장할 수 있는 계기가 되었다.

새로운 세상을 여는 여인들
— 피카소의 유화 〈아비뇽의 처녀들〉

아프리카에서 빌려 온 마스크를
비너스가 쓰고 있다*
바르셀로나 아비뇽, 거리의 여인들
새로운 세상의 문을 열었다

숱한 화가들이
신화의 나라에서 건져 올린
뭇 남성들의 완구
비너스와 창녀는 원래 하나
그러나 항상
역사를 뒤바꾸어 놓을 때는
주연이 되고 있다

시간과 공간이 충돌한
색정과 색깔들의 입방체
불편한 그러나 뭉클한 춤사위

그림의 역사를 새로 썼다

그림 속으로의 항해
— 르누아르의 유화 〈쿠션에 기댄 누드〉

육체의 곡선과 마음의 직선이 교차하는 그곳
살냄새 향긋한 빛을 따라가면
욕망조차 허락지 않는 아름답게 벗은 몸매

몽실몽실한 에덴의 사과 두 알
어느 누구에게나 사랑의 화산
이브가 동산에서 훔쳐 나온

'여성의 젖가슴을 신이 만들지 않았더라면
나는 화가가 되지 않았다'*고 했던 그의
지갑은 항상 비어 있고
손 마디마디 류머티즘이 붓을 떨게 했지만
그림은 영혼을 맑게 씻어 주는 선물이어서
'여성을 위한 여성의 그림만 마음에 담으면
세상 고난의 삽질이어도 기쁨을 캐낼 수 있다'**

르누아르 누드화 화폭에서

우리들의 행복은

끝없는 항해를 하고 있다

* 르누아르 특별전(2009. 5. 28~9. 13) 도록, 서울시립미술관.
** 르누아르는 여성의 아름다움을 경외했으며, 어려운 환경을 기쁨으로 환생
시킨 행복 마술사였다.

사랑은 꿈으로 날다
— 샤갈의 유화 〈도시 위에서〉

도시의 일상 위로
핑크빛 하늘을 유영하는 연인들
삶의 오르가슴이 물결친다

멀리서 보면
판자촌도 천국 마을을 닮아 있고
세상 고통도 향기롭다
엉덩이를 까고 볼 일을 보는 사내도
저 아래로 내려다보면
한 폭의 동화 나라

일상은 가까이할수록 쓰레기통 속이다
그래서 우리는 사랑을 지키기 위해
하늘을 날고 꿈꾸기를 포기할 수 없다

언어는 꿈속을 헤매어도
펜 끝이 뭉툭해지도록
피눈물을 흘리고 있다

'삶과 예술의 의미를 주는

단 하나의 빛깔인

사랑의 색깔' 을 찾기 위해*

* 샤갈 전시회(2010. 12. 3〜2011. 3. 27) 도록, 서울시립미술관.

순간의 행복
— 피카소의 유화 〈꿈〉*

꿈과 현실을 넘나드는 사랑의 교향악
그 한 악장이 되어
누구에게나 바쳐져도 좋을
세상 곡선으로 춤을 추며
천상을 꿈꾸고 있다

비너스로부터 유전된 관능은
화폭에 젖어 있는데
꿈속에서 만난 그녀에게서
무슨 신탁을 들었을까
'이 세상의 행복은 한 순간
순간이기에 더 행복하다'는?

이별의 아픔도
교향곡 마디마디에 용해되면
아름다운 삶의 냄새가 될까?
세상의 고통을 치유하는
한 방울의 아편 같은 사랑

그러나

꿈을 깨면?

---

* 〈꿈〉: 피카소의 네 번째 연인 마리 테레즈의 22세 때 모습을 그린 것.

신神의 인내
― 렘브란트의 유화 〈탕자의 귀향〉

아들의 모든 허물을
토닥토닥 다독이며 덮고 있는
아버지의 두 손은
환한 등불이 되어 세상을 밝히고 있다
죄를 죄로 단죄했더라면
이 세상에 인간은 씨도 말라 버렸으리

어둠을
빛으로 그려 내는 붓질이 있어
세상은 아직 살 만하다

사랑의 빛이 검은색으로 칠해지는
그날
이 세상은 문을 닫고
새로운 캔버스에
하나님은 에덴을 다시 그리시겠지만

패악의 게임이 벌어지고 있는

여의도 서쪽 거대한 무덤* 속을 들여다보면
또다시 노아는 방주를 만들어야 하지만

끝까지 참으실 것이다
이 세상에 무지개를 주신 것을
기억하시는 한

---

* 여의도 국회의사당.

아무리 숭고해도 늘릴 수 없는 시간
— 달리의 조각 〈시간의 숭고〉

시계를 반죽하여 길게 늘여도
그림 속 바늘은 서 있지만
째깍째깍 뒤에 있는 소리는 멈추지 않는다

시계는 왕관을 쓰고
세월을 거부하려
몇 안 남은 이파리로 애쓰고 있는
나무를 삐딱하게 깔고 앉아
세상을 짓누른다

12시 30분을 가리키고 있는 시계
한밤중 혹은 한낮을 조금 지난
그 어느 시간이나 백성들은
사는 것이 그저 졸릴 뿐이다

계절의 순환은 우리의 의지와 상관없이
생명마저도 뺑뺑이를 돌린다

백성으로 거느린 이 땅의 벌거벗은 여인과
우리와는 다른 세상에 산다는 천사조차도
인간의 DNA에 절어 있는 슬픔을 떨칠 수는 없다

시계는 아무리 반죽하여 늘리고 늘려 놓아도
빈틈없이 째깍째깍 돌아가고
온 우주도 녹슬어 가고 있다

제2부

시를 읽는 아침

시를 읽는 아침

당신 마음의 뜨락
몇 평이 제 것입니까
거기에 집을 지으럽니다
주위엔 이슬 초롱한 장미가
알맞춤하게 피어 있는
자그만 탁자에서
에스프레소를 마시며
시를 읽는 아침이면 족하겠습니다

시인은
― 시의 정의 · 1

자연이 작곡한

악보 속의

낮은음자리표

병상 일기
— 시의 정의 · 2

시한부 인생에게 주어지는
아주 짧은 시간 동안
한평생을 곱씹으며
파노라마처럼 회상하는
한.줄.한.줄.

시인의 바벨탑
— 시의 정의 · 3

가슴 깊은 골목에 드리워진
원형原形의 그림자가
뛰쳐나와 외치는
신에게도 보내는 편지

삼라만상을 포옹하고
전생과 내세까지도 감히 넘보는
무례하기 짝이 없는
시인의 바벨탑

자기 냄새에 찌든
언어와 이미지로
무너지고 넘어져도
다시 일어서서 끝없이 탑을 쌓으며
신의 영역에 도전장을 내고 있다

고려청자
— 시의 정의 · 4

시간의 그물망이 촘촘한
도자기 표면에
아주 먼 나라 무늬로 그려진 마을
세미한 틈새마다에는
수많은 이야기가 절어 있다

솔잎 하나하나에는
불로장생을 염원하는 빛깔이
대롱대롱 맺혀 있고

학의 날개 퍼덕임
그 바람결에 잠겨 있는
동그란 눈동자엔
천년의 거울이 걸려 있다

삐딱하게 갓을 쓴 선비는
하늘을 멀리 보며
무엇을 생각하는가

고구려 벽화
― 시의 정의 · 5

고구려의 넋들이
가득 차 있는 지하에서
숨죽이고 있는 극락세계

달리는 동물들과
이를 뒤쫓는 사람들의 거친 호흡이
웅장한 관현악을 펼치고 있다

삼베옷
— 시의 정의 · 6

투박한 농부가 일 년 내내
땀으로 수확하여
손으로 직접 짠 삼베
씨실과 날실 성긴 틈 사이로
삶의 그림자들이 들락거리며
행간을 채운다

먼 태곳적부터
무의식에 켜켜이 쌓여 있는
아사달과 아사녀가 입었던
땟국 저린 삼베 옷
그곳에 기록되어 있는
누구나 읽을 수 있는
그러나
제각각 해몽도 용납되는

이야기 몇 줄

국화 송이
— 시의 정의 · 7

살아온 시간들의 언덕을 넘어
한숨 돌리노라면
바로 곁에 다가와 눈짓 미소하는
나의 노란 꿈, 아직도
어릴 적 내음 촘촘한 마을

바람
— 시의 정의 · 8

퉁소 속을 이곳저곳 기웃대다
하늘에 가면 달을 웃기고
땅으로 내려오면 사람을 울리고

아침 이슬
— 시의 정의 · 9

짧디짧은 만남이지만
동녘 하늘 붉게 물드는
기다림으로 산다

이슬방울 속에 얼비치는
그 나라에서
내 님 만날 날을
꿈꾸며 산다

따가운 햇볕에 사라지는
이승의 노래는 짧아도
해가 높게 뜨면
꿈은 땅에 떨어져 싹이 트고
꽃으로 환생하리라

파도와 발자국
— 시의 정의 · 10

수많은 사람들의 발자국이
해변에 어지럽다
바다는 하얀 포말을 밀고 당기며
열심히 해변을 다림질하여
갈색 비단을 펼쳐 놓는다

사람들은 그 위에 발자국을
다시 찍는다
수천 년을 두고 바닷가에서
팽팽하게 대립하는
발자국과 파도의 밀고 당김
인간과 자연의 줄다리기

에스프레소
— 시의 정의 · 11

아침 햇살 곰살궂은 창가에서
마시는 그녀의 빛깔
무심코 지나쳤던 가을날을 반추하며
빙긋이 스쳐 가는 미소

사십여 년을
센 불과 약한 불에
달이고 달여서 응축시킨
진액이어서

한 방울만 찻잔에 떨어뜨려도
황홀한 무늬로 퍼져 나가며
갈색 향기로 피어올라
찻잔 속 그녀의 얼굴을
가만히 흔들어 댄다

벼려지는 겨울나무
— 시의 정의 · 12

삭풍에 한 잎 한 잎
옷이 벗겨져 날아가도
앙상한 줄기나마
혹한을 견디는 것은
봄꿈을
가슴에 품고 있기 때문

다람쥐 쳇바퀴 같은
무디고 녹슨 시간을
벼리고 또 벼린다
삭풍에 두들겨 맞을수록
시퍼런 칼이 되어
고난과 시련을 난도질하리

바리데기
— 시의 정의 · 13

온갖 치성을 다 드렸지만
일곱째 작품도 역시 공주여서
옥함에 담아 강물에 띄워 버렸어도*
뮤즈 자매의 손에 자라
원고지에 터를 잡고
떳떳이 세상으로 나오는구나

허접 세상과 손잡고 여기저기 기웃댄 죄
시인의 운명을 거스른 죄로
시혼은 구천을 헤매다가
올바른 자식 하나 기르지 못하고
시름시름 앓고 있는가

불사약을 구하러
저승 세계를 지나 신선 세계로 가서는
나무하기 3년, 물 긷기 3년, 불 때기 3년
아직도 밥은 뜸이 들지 않았는가?

이미 죽어버린 시詩도 다시 살아나
모두의 가슴에 둥지를 틀고
만신萬神의 왕이 될 수 있는 꿈
버리지 못하고
바리데기 되어 시를 쓰고 있다

---

*바리데기 공주는 자기를 버린 부모의 병을 고치기 위해 온갖 고행을 견디고
불사약을 구해 내며, 나중에 사람의 죽음을 관장하는 신이 되어 신앙의 대상이
되었다.

풀꽃이 들려준 이야기
— 오베르의 고흐 무덤 앞에서

서른일곱 짧은 한평생
원 없이 살다 간
묵직한 10년
변덕스러운 사랑에 목매지 않고
그림을 통해 하나님께
한 걸음 한 걸음
미쳐 가던 당신

탄광촌 아이들과 어울리고
창녀들의 고통을 몸으로 받아 내며
화폭에 온 영혼 불살라 버린
또 하나의 그리스도

그대의 묘지 앞에 서서
거무튀튀한 이 세상보다는
새빨간 영원을 탐하련다 묵념했지

제3부
사랑의 아틀리에

마법의 지팡이

밭이랑마다 사랑의 넝쿨이
풍성히 자라게 하소서
이웃과 내가 넝쿨져, 온 땅을
서로를 위하는
붉은 꽃과 푸른 잎으로 덮게 하소서

황량한 마음 밭을 갈아엎고
작은 겨자씨, 씨앗을 틔우면
큰 나무로 자라는 소망으로
이 땅에서도
천국의 뜰을 가꾸게 하소서

내 눈길이
마법의 지팡이가 되어
던지는 곳마다
메마른 들에서도
붉은 장미가 피어나게 하소서

내 옆의 빈 의자

내 옆에는 빈 의자가 있다
항상 누군가를 기다리는

그러나
눈을 감으면 보인다
그 의자에서 나를 향해
은근한 미소를 보내는 분

세상 누군가 다가와 빈 의자에 앉으면
조금은 비켜서
잠시 자리를 내어주신다

다른 이와 이야기에선 나는 자주
맞물려 돌던 톱니가 빠지기도 하지만
내 님과의 이야기에서는
화음이 틀릴 때가 없다
행간을 헤아리는 미소가
그 빠진 톱니 자리를 즉시

즉시 메워 주시기 때문이다

내 옆의 빈 의자는
비어 있을 때가 없다

내가 그리는 그림

시간이 회오리바람을 일으키며
온몸을 휘돌아 나갑니다
빛은 뒤따라 하얀 향기로
빈자리를 헤집고 달려옵니다
널따란 캔버스가 만들어집니다
시간은 가고 빛은 오고
한 폭의 그림이 완성되어 가고 있습니다

투명한 빛으로 만들어진
그림 속 주인공은
액자 속에 갇혀 있는 것이 아닙니다
하늘에서 바다에서 대지에서
조금도 막힘없이 유영하고 있습니다

말로 글로 보여 줄 수 없는
그러나 가슴으로만 명징하게 볼 수 있는
단 하나뿐인 나의 그림입니다
어디엔가 붙박이로 걸려 있는 것이 아닙니다

빨갛고 노랗고 하얀 장미로 덮인

미로 속으로

조금도 막힘없이 흐르고 있습니다

야곱, 그대처럼

하늘 가는 사다리 만들기 위해
태양과 달로 번을 세우고
비와 바람과 구름으로 나무를 길러
사랑으로 자르고 다듬는
그분 손길을 항상 감사하며 산다

이방 신 품고 사는 촉촉한 라헬을 바라며
그대 젊은 14년 무보수 머슴살이
우리를 어둠에서 구원한 뿌리가 되었듯,
눈먼 사랑을 위해
청보라 도라지꽃 피우며 산다

덧칠할수록 탁해지는 일상의 캔버스,
영롱한 일곱 빛깔 무지개
어떻게 칠해야 하나 항상 망설임,
그러나 거친 붓질이
정갈한 새벽이면 음표들로 피어나
날마다 신들메를 고쳐 매며 산다

조각난 형상들로 조화로운 조각보 만들어,

사막 같은 빌딩 숲 사이에서

날기를 잊은

날 시어詩語들에게,

작은 둥지 장만해 주고

천국 풍경 천천히 챙기며 산다

---

*구약『창세기』야곱 일생을 참조. 특히 '라헬'을 얻기 위해 무보수로 14년
간 머슴살이를 했고 평생 지극히 사랑했다. 비록 라헬은 이방 신을 섬기기도
한 여인이지만 그 가계家系에서 예수님이 태어나게 된 것은, 하나님과 라헬에
대한 야곱의 맹목적인 사랑 덕분이 아닐까.
**도라지꽃의 꽃말은 '영원한 사랑'.

기도 속으로

끝없이 높고 높게 솟구친다
푸르게 붉게 온 우주를 헤엄친다
블랙홀로 빠져들어 간다

은하계가 그분의 한줌 손바닥에 놓이고
손을 쥐었다 폈다 할 때마다
별들은 요동친다

다시 현미경에 눈을 댄다
점차 우주에서 지구로 서울로
결국은 나에게 초점을 맞춘다

뇌 속을 들여다본다
문득 유영을 멈추고
'이마고 데이' *라는 명찰을 단
별 하나를 응시한다

바라볼수록 점점 커지는 별

그 별은 내게로 점차 다가와

마침내 나와 하나가 되고

온 세상이 환한 빛 덩어리로 변한다

---

* 이마고 데이Imago Dei는 하나님의 형상을 의미한다. 『성경』에 따르면 우리
인간을 창조하실 때 하나님의 형상을 닮게 창조하셨다.

달맞이꽃

조금은 달을 향해 슬프다
별빛이 쌓아 놓은 이야기를
노란색 꽃잎에 절여
지상에서 표절하고 있다

해가 뜨면 접었다가
해가 질 때 또다시 펼쳐
면면히 이어 오는
돌이와 순이의 물레방앗간 이야기로
우울한 대지를 방부 처리하고 있다

삭막한 빌딩 숲을
생기 있게 가꿀 수 있는,
무너지는 세상을
조금이나마 떠받칠 수 있는,
무지개 이야기를 머금고 있다
다시는 물로 세상을 멸하지 않으시겠다는

아직은
지구의 종말을 논할 때가 아니다

까칠한 백일홍

꽃봉오리 꼿꼿이 하늘로 쳐들고
햇빛과 구름 타고 오는 축복을
온몸으로 받아 마시는
깐깐한 너의 모습에는
허허로운 달관이 똬리를 틀고 있다

집요한 태양의 애무에
탈색되어 가는 젊음
거무스름한 씨앗 뭉치로
늙음의 보상이 되기나 할까

가을을 생각하기엔 아직은 이른 때에
붉은 꽃 이파리 달콤한 혀로
벌과 나비 그리고
대지 가득한 바람과 입맞춤하며
꽃봉오릿적 꿈을
열심히 하늘 화폭에 펼쳐 보렴

아네모네

부활하신 내 님
무덤가에 피어
하늘 가는 밝은 길을
앞서 가던 꽃

그리움에
새벽마다 무릎 꿇는
그 자리에
피어나는 꽃

제자들 사랑이
꽃봉오리 쓰다듬을 때마다
벙글어
내 님 다시 오시는 길
향기로 가득 채울
꽃

눈 내리는 숲에 들면

나무들이 쭈뼛쭈뼛 서 있는
어둑어둑한 사이로
백조들이 발레를 하고 있다
썩은 나무 등걸 위에도
새파란 소나무 잎에도
춤을 추다가 힘이 들면
하얀 꽃으로 앉는다
나무 사이사이 수런수런 말소리가 들린다
개미, 다람쥐, 그리고 까치가 한식구
저 멀리 빌딩 숲 못지않게
보이는 듯 보이지 않는 듯 식구들이 많다
아무도 없을 때는
나무들끼리도 할 이야기가 많다
가끔 숲속을 찾은 사람들이
주고받은 이야기를
나무들은 껍질 사이에
차곡차곡 쌓아 두었다가
주위가 고요해지면 되새김한다

이런 숲속에 들면
당신 생각이 난다

몽당연필

옛 짐을 정리하다
또르르
굴러 나온 몽당연필

연필심에 침을 묻혀
그림을 그려 본다

닳고 닳아
뭉툭한 몸매는
삶을 달관한
어머님의 모습
부러질 염려도 없다

침 묻혀 그려 보는
그림 속에서
어린 시절의 꿈나라를 본다

사랑의 향기 가득한 집
— 아들 결혼식에

금강석 안에 너희가 세우는
단단한 마을
어느 바람도 스미지 못하는
그 마을의 입구에는
이런 문패가 걸려 있다

사랑의 수고와
믿음의 역사와
소망의 인내가 있는 집

굴뚝에서는
기쁨과 감사와 기도의 연기가
항상 모락모락 피어올라
모든 이에게
하늘 향기를 나눠 주는 집

비바람 몰아치는

깜깜한 세상길에서도

그 향기를 따라가다 보면

이내 무지개 걸린

맑고 밝은 초록빛 들판이

널따랗게 펼쳐지리

어둠을 사르는 꿈
— 배재 개교 125주년 축시

앞길을 측량할 수 없는 짙은 밤이어도
배재培材 동산에 오르면
찬란한 별빛들을 볼 수 있다
백 년을 넘어 영글어 온 선배들의 땀방울이
이 세상 뱃길을 안내하는 나침반이 되어
꿈잡이 어선을 인도하고 있다

험한 파도 위에 흔들리는
크고 작은 배들, 어디로 갈지
때로는 키도 돛도 붙잡을 힘이 없어도
내 님께서 인도하시리라는 믿음으로
광활한 우리의 영토를 향해
몸과 마음과 영혼의 밧줄을 힘차게 던진다

험한 벼랑 밑으로
새끼 독수리를 밀쳐 내며 훈련하는
어미의 마음으로 가득 찬 배재 동산은
넓은 세상을 살찌울

새싹들을 틔우고 기르는 잔치 마당
한밤에 펼쳐지는 별들의 아름다운 춤으로
은하수 저 넘어 천국까지 경작하는
꿈의 삽질을 영원히 축복하리다

제4부

나그네의 지팡이

천문산天門山 하늘문

하늘까지 가겠다며 바벨탑을 쌓는다
야리한 물안개는
농익은 산허리를
보일 듯 가릴 듯 감싸고 있다

가파른 백팔 계단을 헉헉대며 오르면
선녀의 옷을 흉내 낸 소녀들이
사진기 앞에서 돈을 달라 손을 내밀며
흥분된 마음에 찬물을 끼얹는다

숱한 절벽을 돌고 돌아
하늘 문에 오른 듯 정상에 서도
저만치 떠가는 구름에는
미치지 못하는구나

어차피 지상엔
하늘 문이 없는 거였어

우리의 진시황릉

불사조가 되고 싶어도 확신이 서지 않아
옥좌에 오르면서부터
무덤을 쌓기 시작한다
사후에 거처할 또 다른 황궁을
손이 타지 않는 곳에 짓고 있는 게지
많은 군마에 둘러싸여 저세상 가는 길은
외롭지 않겠네

(주식과 채권과 부동산으로
우리는 성을 쌓고 있다
언젠가 무너질지도 모르는
불안한 성벽)

한창 나이에 저승에 갔으니
거기서나마 불로초를 씹으며
아방궁에 두고 온 여인들의
아, 그 부드러운 살 놀음을 잊을 수 없어
더욱 나날이 괴롭겠네

(텔레비전에서는 아이돌 스타의 현란한 춤이
우리 관능을 더욱 뒤틀리게 한다
예술은 뭔 놈의 예술
그저 안고 빨아야 할 대상에 불과한걸)

용감한 장수와 아름다운 궁녀
황릉 쌓고 도살당한 일류 기술자
그 이름들은
왜 역사책에서 사라졌는가?
무덤의 주인도, 딸려 가는 하인들도
자기가 선택한 길로 가는 것은 전혀 아니지
보이지 않는 손을 잡고
알 수 없는 나라로 가고 있는 것일 뿐

캔터베리 가는 기차

탁한 영혼을 빨래하러
순례객은 사우스와크를 출발하여*
몇 날 며칠
캔터베리 성당을 향해 터벅터벅 가고 있다

세상살이 흥건한 땀 식히려고
여행객은 기차를 타고
단숨에 달려간다

구경꾼도 순례객도 주교까지도
도저히 구별되지 않는 나라가
내 님 나라려니 오직
꽃잎마다 사랑 새긴
들꽃 하나 가슴 깊이 품을 일이다

명동성당에서 종이 울리면
마라도의 물결은 춤을 추고
천지天池의 용신은 잠에서

벌떡 깨어나야 하리

* 초서가 『캔터베리 이야기』를 쓸 때쯤 '캔터베리 순례단'은 템스 강 남쪽 사
우스워크를 출발하여 영국 남부에 있는 캔터베리까지 걷거나 말을 타고 갔다.

단두대의 아름다운 모가지

황실 중매시장에서
영토와 물물거래 되는
단두대의 단골손님, 아름다운 모가지여
행복은 짧아도 짜릿한 권력에 맛 들여
'설마'를 항상 밥상에 올리고 살았다

목에 걸었던 '아프리카의 별'은
칼날을 피해 박물관에 남아*
기웃대는 여행객 주머니를 털어
오늘도 백성을 먹여 살린다

화려한 무대 뒤에 숨은 수만 가지 암투가
머리에 인 보석으로나마
보상이 될 수 있었을까?

오늘도 우리 여왕님은
세월의 흔적을 동전 속에 남기며**

시들어 가고 있다

---

* 런던 탑Tower of London의 화이트 타워White Tower에는 영국 여왕 왕관의
보석들이 전시되어 있다. 특히 '아프리카의 별' 이라는 다이아몬드는 세계적
으로 유명하다.
** 동전이 발행될 때마다 그 당시의 여왕 얼굴이 새겨지기 때문에 옛날 만들
어진 주화에는 젊은 엘리자베스 여왕 모습이, 최근 발행된 주화에는 나이 든
모습이 새겨져 있다.

도자기 속의 여인들
— 대영박물관에서

영국의 가마에서 구워진 도자기들은
그리스신화를 입고 나온다
가식을 벗어 버린 여인들
부드러운 곡선의 몸뚱이는
숱한 사내들의 눈과 손길에 닳고 달아
촉촉하다

청나라 도자기 속 여인들은
치렁치렁한 옷 속에 감추어진
육체의 맛을
훔치듯
얼굴에 수줍게 담아내고 있다
은근히 전하는 비밀스런 이야기 창고
그래서 더욱 맛깔스런
사랑이 차곡차곡 쌓여만 간다

2% 부족하여 허虛한 사상을

항상 동양에서 찾아나서는

흰둥이들의 배고픔을 채워 주는 빛깔이

감추어진 듯 얼비치는 심연에는

파내고 퍼내도 다다를 수 없는

그래서 더욱 갈증을 느끼는

알 수 없는 향기가 서려 있다

수선화 정원
— 워즈워스를 기리며

세상 떠난 주인을 못내 아쉬워하여
무덤가에 몰려와*
워즈워스 시혼을 뒤흔들었던
수선화 무리가
봄마다 흐드러진다

계절이 미처 옷매무새를 갖추기도 전에
노란 꿈으로 잠시 웃다가
풀숲에 숨어 다음 봄을 기다린다

삭막하고 추한 아름다움을 우겨 대는
난해한 예술가들이 쏟아 내는 소음이
거리의 매연과 손을 잡고
높고 높은 장막을 쌓아
나와 수선화 사이를 가로막고 있어도

여전히 그리고 세상 끝 날까지도

머리보다 가슴에 둥지 틀고 있는

호수와 들녘은

우리네 행복이 절절 끓는 악보

---

* 워즈워스는 현재 묻혀 있는 세인트 오즈월드 교회에서 수십 리 떨어져 있는
얼스워터 호숫가의 수선화를 회상하며 「수선화」라는 시를 썼다.

또다시 무너지는 런던 다리

'런던 다리는 무너지고 있다'*
팔짝팔짝 뛰는 어린아이의 고무줄놀이
시구詩句에 숨어 있는
슬픈 사연을 아는가

다리를 건너고 있는 차 안에는
지배자에 대한 복수를 유전인자로 받은
각양각색 수입 인종들**
평화로워 보이는 얼굴에
보이지 않는 분노가 번득이고 있다

무의식 속에 자리 잡고 있는
정복자에 대한 원망, 아니
아무리 애써도 손에 잡히지 않는
애처로운 희망

차창 밖 하늘엔
산업혁명 쓰레기가 가득

달과 별도 빛을 잃었다

그린Green, 그린Green, 그린Green은

구린내 나는 정치꾼들이

우매한 백성들의 원성을

하늘로 차 버리자는 구호

---

* 'London Bridge is falling down.' 영국 전래 동요. 'London Bridge' 는 기
원후 50년경 로마제국 식민지 시절에 지어진 템스 강 최초의 다리. 1014년 바
이킹에 의해 파괴된 다리를 보수하는데 어린아이를 제물로 바쳐 다리 아래 묻
지 않으면 다리가 무너진다는 신앙을 바탕으로 한 동요.

** 런던 지하철을 타면 각양각색의 인종들이 가득하다. 마치 인종 전시장 같
다. 옛 영국의 식민지에서 유입된 인종들이 런던을 움직이고 있다.

서펜타인 호수*에서 그리는 수채화

애써 감춘 몸짓으로 흐르고 있는 슬픔을
아침 정원이
나무들을 데리고 와 다독이고 있다

부잣집 따님 버지니아 울프와 함께
가슴앓이하던 산책 길 풀꽃들도
저세상으로 간 그림자 못 잊어
이슬로 글썽이고 있다

셸리의 아내 웨스트브룩은
남편의 가슴팍에 자리 잡은 바람구멍을 막지 못하고는
호수에 몸을 던져 수련 꽃으로 떠 있고

서쪽 궁전 주인이 된 다이애나
먼 이국에서 꺾여서는
이곳 빈 정원에 흰 국화꽃으로 시름시름 앓고 있다

동쪽 정원에는 젊은 연인들이

부둥켜안고 어젯밤을 홀짝거리며
호수에 떠가는 구름을 바라보고 있다

오가는 관광객만이 이곳저곳
이승을 카메라에 담으며 가슴 짠할 뿐
백조가 슬픈 이야기는 다 주워 먹어 버렸다

호수 위에 조용히 떠 있는 꽃봉오리들은
숨진 여인들을 닮으려 애쓰지 않아도
옹골찬 외로움으로 아름답기만 하다

---

* 영국의 낭만주의 시인 셸리의 조강지처가 남편의 바람기가 싫어 몸을 던진
서펜타인 호수Serpentine Lake를 경계로, 서쪽 켄징턴 가든Kensington Garden
에는 다이애나Diana 황태자비 궁전이 있고, 동쪽은 하이드파크Hyde Park다.
남쪽 자락(22 Hyde Park Gate, Kensington)에는 템스 강에 몸을 던진 버지니
아 울프가 태어나 젊은 시절을 보낸 곳이 맞닿아 있다.

짧고도 긴 편지

헬레나가 환생한 장미꽃*에 취해
'오 붉은 장미, 오만한 장미, 슬픈 장미여!' **
조랑말 타고 산으로 바다로 호수***로 쏘다니네

몸뚱이는 필요 없고 영혼만 사겠다던****
매몰찬 그녀의 한마디가 그만
끊을 수 없는 마약이 되어
환청의 올가미를 벗을 수 없네

한평생 큐피드에게 화살을 빌려
쏘고 또 쏘아도
결국 과녁을 빗나가
'당신과 나의 아이들은 시詩' *****라는
변명만 보내올 뿐이네

'오직 한 사람만이 그대 내면에
순례하는 영혼을 사랑하고,
변하는 얼굴의 슬픔을 사랑함' ******을

답장으로 보내고

참으로 긴 구혼의 항해를 접어야 하네******

경매장으로 보내진 내 몸과 마음

그리고 영혼의 마지막 끄나풀까지

그대 손에 낙찰되길 기다리며

지금, 짧고도 긴 편지를 쓰네

화진포 백사장에 홀로 핀 해당화여!

---

* 예이츠의 시 "The Rose of the World".

** 예이츠의 시 "To the Rose Upon the Rood of Time".

*** 아일랜드 슬라이고에 있는 길 호수Lough Gill, 로지스 포인트Rosses Point

바닷가, 벤불벤Benbulben 산. 모두 예이츠의 무의식에 축적된 시의 그림자들.

**** 모드곤은 예이츠의 재능을 원했을 뿐, 여러 번의 청혼을 거절했다.

***** 1908년 모드곤이 예이츠에게 보낸 편지에서.

****** 예이츠의 시 "When You Are Old".

******* 모드곤이 결혼하기 전에는 물론, 남편이 죽은 후에도, 그리고 심지

어 그 딸에게까지 구혼했으나 끝내 이루지 못한 짝사랑으로 끝나고 말았다.

395번 국도의 아지랑이

미국의 남북을 가로지르며
가도 가도 넓은 황무지
기어가는 왕복 2차선 위에
황금을 찾아 목숨을 던진
빈손의 넋들이 흩날리고 있다

데스밸리Death Valley

돈 벌어 오겠다던 내 님은
그 어느 곳에 해골로 구르고 있나
아직 저승 갈 노잣돈조차
마련하지 못해
황야를 이리저리 헤매는 것은 아닌지
달리는 도로 위에
아지랑이가 피어오른다

옛날 처녀

예순을 갓 넘긴
나성에 사는 할머니가
'나는 아직 옛날 처녀 그대로야'
술잔 속 그림자에 주문을 건다
어릴 적 마음은
술잔 속에 그대로 있는데
몸에는 정신없이 달려온
환갑 냄새

멀리 두고 온
그리움, 외로움, 서글픔,
푹 절인 얼굴 골짜기마다
검버섯이 정원을 이루었네
세월이 뚜벅뚜벅 말없이
가꾸어 왔던

선덕여왕과 지귀의 사랑불

이 세상 수틀 위에서 짜고 있는
사랑 무늬는
행복하고 떳떳한 굿판만은 아니다

사내의 가슴마다 불을 피우고
하늘하늘 치맛자락으로 부채질하며
여왕은 백성을 품어야 했다

암투의 긴 터널을 지나면서
여왕은 목숨도 사랑도 이미
옥좌 위에 벗어 놓고
머리엔 보석 왕관, 양손엔 칼과 홀笏
무엇을 위해 사는지도 모른다

아무것도 모르는 천민만이
사랑에 목숨을 걸 수 있는 것이어서
지귀는 여왕님 치마폭 향기에 취해
춤마당을 펼치며

훨훨
사랑불에도 타지 않는
부적 속에 자리 잡았다

세상 모든 사랑을
내 좁은 가슴에 모아서는
사랑불에 푹 고아
말갛게 정제하여
상사병을 이기는 환丸이나 만들어야겠네

나의 뮤즈, 자청비*

농부들 새참에 '고시레' 얻어먹고
풍년을 담보해 주는 그녀는
늦도록 아들 없던 부부가
부처님께 빌었어도
잘못 태어난
딸

원고지 위에 머무는 손이 곱다는 말에
언어를 세탁하러 갔다가
하늘도령을 만나 그리움 좇아
남장을 하고는 서당에서
함께 사랑을 읽는다

상제上帝가 보낸 명문가 사주단자를 받고
옥황玉皇으로 떠나간 도령은 소식도 없어
기어이 하늘까지 뒤쫓아
비밀스레 혼례를 올리지만
황통皇統을 지켜야 한다는

사대부의 벌 떼 같은 모함에 걸려
대신 내어놓은
낭군의 목숨은 어디로 갔는가

온몸을 불살라 자청비는
서천 꽃밭으로 가서
환생꽃을 따다 낭군을 살리고는
천상천하 어디가나 사람 떼거리만 있으면
넘쳐나는 거짓 목자, 거짓 스승, 거짓 위정자
버리고
거짓 없는 오곡 종자 지니고는
땅으로 내려와
농경신이 되어 풍년 농사를 지키고 있다

이 땅도, 저 땅 못지않아
세상일은 가려듣고 가려보며
풀꽃과 나무들만 친구 한다

사내도 부럽지 않은 용기만이
옹골찬 자기 멋에 취할 수 있으리니
앞이 보이지 않는 암울한 동굴 속
웅크렸던 둥우리에서 나와
환하게 흐드러지렴
저 푸른 바다를 향해

나의 비루먹은 시詩여

---

* 제주에 전승되는 서사 무가 〈세경본풀이〉의 여자 주인공. 우여곡절 끝에 하
늘 옥황에서 오곡씨를 가져와 농경신이 된다. 부모가 '스스로 청하여 낳은 자
식'이라는 '자청비'는 미모뿐 아니라 지혜도 뛰어난 인물. 필요에 따라서는
남자로 변장하는 것도 마다하지 않는 처세술과, 남편을 구하기 위해 죽음도 무
서워하지 않고 서천 꽃밭으로 가는 담력도 있다. 자청비는 하늘 옥황에서 편하
게 살 수 있었지만, 제주의 무속 신화 속 여신들처럼 당당하고 자주적인 삶을
살기 위해 오곡씨를 가지고 땅으로 내려온다.

청운각青雲閣의 새벽

저 넓은 세상을 향해 정자에 오르면
해운대의 화려한 불빛, 그 뒤에
많은 것을 감추고 있는 밤이 보인다

세상에 널린 근심 걱정들이
황홀한 검은색으로 색칠되고
수없이 깜박이는 불빛 속으로 몸을 감추고 있다

동쪽 해가 천천히 떠오르면
온갖 잿빛 더미들은
추한 모습을 머리에 이고 나타나기 시작한다

논밭을 매던 할머니 할아버지와
음매 하고 화답하던 소들이 아른거리며
슬픈 모습으로 다가와
희뿌연 미래를 보여 준다

세상 모든 것들이 컴퓨터보다 더

정교한 조직에 의해 움직이고
사람들은 프로그램에 의해 탄생한다
새로운 버전이 나오면
미련 없이 너도 나도 퇴출당하고

제5부

시극을 위한 아리아

뱀 세 마리

― Symphony No. 5 in C minor

(1악장)

하늘 풍금 소리에 깜짝 놀라

신이 내린 그림 하나를 보았네

웃는 설움이 흔들리며 눈가에 숨어서는

나의 가슴으로 구름 한 점 보내 주었지

눈을 감으면 구름을 타고

하늘로 바다로 하데스의 나라까지

큐피드의 화살을 들고

신화의 나라를 열어 간다

(2악장)

비단이듯 삼베이듯

내 마음 화폭에

그대는 항상

붓을 휘두르며 춤을 추네

피할 수 없는 길고 긴 뱃길

붓끝 따라 피어오르는 나의 노래

사이렌siren의 하얀

날개에 올려 보내오니

밀랍으로 귀를 막진 마소서*

(3악장)

산정호수 어느 객관客館에서

꿈을 꾸었는데

'내 슬픈 전설의 22페이지'에서**

한 마리의 뱀은 어디로 사라지고

붉은 뱀 한 마리와 푸른 뱀 두 마리가

황홀하게 타오르는 불꽃 속에서

혼신의 춤을 추네

(4악장)

바다는 광풍에 뒤집혀

배에서 우수수 쏟아지는 남자들

남자들 살아나 유곽 거리에서 정신없이 헤매다

옆에 누워 있는 여인의

발가벗은 등짝 위로

쪽방 창틈 비집고 들어온

아침 그림자가 천천히 기어오르면

비로소 기나긴 꿈에서 깨어난다

---

* 호메로스의 오디세이아Odysseia. 상반신은 여자, 하반신은 새의 모습을 하
고, 지중해의 한 섬에서 살면서 감미로운 노래로 지나가는 선원들을 유혹하여
잡아먹었다.
**천경자의 1977년 그림. 서울시립미술관 소장.

벽화 속으로의 유영

벽면을 가득 채운 저기
어느 호텔 정원에는
하늘로 물고기가 날고
사슴을 캐디 삼아
골프를 치고 있는 사내가 있다

이만치 커피숍 소파에 몸을 기대어
짙은 갈색 커피 위에 얹혀 있는
하얀 거품 사이로
차가운 봄소식을 홀짝이며
사무엘의 어머니 한나처럼
메마른 자궁에서
열매 열리는 꽃을 꿈꾸고 있다
'자식을 낳아 길러 봐야
여자가 완성된다네요'

사람들은 항상 열매의 크기로
삶의 무게를 가늠하고 있지만

보이지 않는 손에 의해
꽃도 피고 열매도 추수하는 것
'열매 없는 꽃도 아름답지요'

그대와 나 함께 또한 저기
벽속의 정원으로 뛰어들고 싶지만
우리의 끈은 얼마나 튼튼할까?
이쪽 끝에서 사랑을 붙들고
저쪽 끝에서 이별을 붙들고
줄다리기하며
'앞날의 수를 얼마나 읽을 수 있을까요?'

클레오파트라에게 보내는 편지

사랑나무에 열린 열매가
보암직도 하고 먹음직도 하여
따서 나눠 먹고는
에덴의 동쪽으로 가 버렸던
우리 선배들의 뒤를 따라

푸른 가시를 달고 있는
클레오파트라,* 그대
꺾어
내 심장의 화병에 꽂고
피 묻은 가시에
숨이 멎는다 해도
동쪽에서 만날 수 있는 꿈이 있어
향기로운 슬픔으로 떠나리

그대의 동쪽으로
나의 이브여!

---

* 클레오파트라 : 흑장미의 이름.

양귀비꽃

숨어 핀
너의 텅 빈 웃음을 보았지
보이지 않는 손에 의해
피고 지는 이 세상에
자기 일기장을
원하는 대로 쓰는 사람 어디 있으리

애첩
아편

수만 가지 얼굴을 가진 사랑도
간추리고 요약하면
네 꽃 한 송이
한 방울이라도 마시면
황홀한 세계를 방황하다
어느 날 갑자기 돌아보면
너무도 깊고 짙푸른 골짜기가 아닐까?
그러나
온몸과 마음 던져 안기고 싶은

도라지꽃의 슬픔

불타는 오후 시멘트 바닥 금이 간 틈새로 도라지 줄기 하나 솟아 꽃봉오리를 달고 있습니다. 꽃봉오리 속에는 강남아파트 503호에 사는 보라색 공주 홀로 서성이고 있습니다.

바다가 멀리서 부릅니다. 물거품으로 사라지고 있는 인어의 신음 소리를 점점 가까이 듣습니다. 자물통 달려 있는 쇠사슬이 하체를 휘감고 있어 달려갈 수 없습니다. 기사騎士가 문 앞에 와서 똑똑똑 노크를 합니다. 문을 열어야 하고 열 수 있을 것 같아도 엄두를 내지 못 합니다. 신탁에 걸려 있기 때문이지요, 모든 산 것들은 사는 것이 아니라 살아지는 것이라는.

꽃봉오리가 열리자 어디선가 벌 한 마리 공주에게 날아와 날쌔게 입을 맞춥니다. 공주는 하늘로 훨훨 날아갑니다. 아니 그저 날려지는 것이지요. 수동태의 삶은 죽음, 왜 사느냐고 물어도 대답을 할 수 없거든요.

아파트에 불들이 하나둘 켜지기 시작합니다. 오직 낯선 불빛만이 어둠을 등에 지고 세상을 가득 채우고 있습니다. 도라지꽃도 어둠 속으로 날아가 버렸습니다. 우리 사랑은 어디에서 찾아야 하나요?

현대를 위한 파티장

시끄러운 노랫소리가 크게 작게 교차되어 흐른다
휑뎅그렁한 증권회사 지점 안에
시인이 잔뜩 취해 쓰러져 있다
밤새 춤을 추었던 무대

파랗고 빨간 숫자들이 명멸하기 시작하는
증권시세판
어느 회사의 주가가 3,200이라고 보이는데
32,000이라 억지로 우기며 안간힘을 쓴다

어둑하고 혼란스러운 방안
진홍천이 깔린 탁자 위에
술잔을 올려놓고
우리를 구해 줄 연사를 기다리고 있다

홀에는 초대받지 않은
어둡고 찌그러진
혼령들이 히죽대며 흐느적이고 있다

도대체 우리의 이승은

누구의 손에 의해 요리되고 있기에

우리가 마음대로 맛을 낼 수 없는 것일까?

세 ~ 상에

정신과 의사 친구를 찾아갔다가
마침 상담 중인 환자의 이야기를 들었다
무심코 메모를 했다
무슨 말인지 종잡을 수 없었지만
묘한 느낌이었다
원고지에 옮겨 '무슨 현대' 라는 잡지에 보냈더니
월평에서 극찬을 받았다

우리말로 번역된 독일의 철학책을 읽었다
차라리 독일어를 배워
원서를 읽는 것이 더 이해하기 빠를 것 같았다
분명히 한글로 되어 있는데
언어들이 한 줄로 꿰이지 않고 제각각이다
원래 고상한 학문의 냄새려니 하여
몇 구절 그대로 원고지에 옮겨 '지성 뭐' 라는 잡지
에 보냈더니
　얼마 지나지 않아 무슨 상을 주겠단다

몽롱해야 살 수 있다, 현대는

유전자 지도와 가족관계증명서에 나와 있는 부모가
서로 다른 기생 오래비들은
이름도 읽기 어려운 포도주를
그럴싸한 에티켓으로 포장하며 무의미를 홀짝이고
있다
　종잡을 수 없는 뉴스에서는 사회 지도층 인사들이
　자신의 비리를 덮기 위해 국민과 정의를 위하겠다고
악을 쓰고 있다
　TV 드라마는 동물 농장 이야기를 연방 개작해 내놓
으며
　모두의 넋을 빨아들이는 강력한 블랙홀이다
　이미 우리는 원격 조정되는 로봇이 되고 있다

정신병동 푸닥거리

저만치 큰 도시가 쥐죽은 듯 누워 있고
이쪽 아랫마을 가까이에 정신병동이 하나 있습니다
병동 관리인들은 신이 났습니다
여자들이 발가벗고 구멍마다 붓을 꽂고는
캔버스에 붓질해 대는 것이 여간 재미있지가 않습니다

그 옆에는 광기 어린 눈
쭈글스레 앉아 슬금슬금 관객들의 눈치를 살피다가
이것이다 싶으면
꽹과리 치며 의기양양 튀어나와 설치는군요
그저 관객이 좋아하는 것을 잽싸게 붙들고
춤을 추어야 먹고사는 직업이거든요

푸닥거리가 끝나 화장실에 가면
사방에 온갖 외설스런 낙서들이
단행본 문학서적보다 재미있네요
무슨 뜻인지도 모르겠는데
청소부의 그럴듯한 맞장구 평이 있어서요

개나 소나

아방가르드인지 아방가드르인지 설쳐대며

목소리를 높여 대는 세상이니

바람 바람

젊어서는 그 어떤 바람도
몸으로 막고
다짐으로 막았는데
이제
철이 바뀌며 옷깃에 스미는
바람조차 막을 수 없어
뼛속을 지나 심장까지
싸늘한 쓰나미

남은 세월
무슨 바람으로 살아야 할까
텅 비어 버린 머리 꼭대기엔
바람기 하나 없다

삶의 방정식

야곱은 147년을 마감하면서
고난과 축복으로 삶을 완성시키신
은총을 비로소 환하게 보았다

누구나 평생 이승에서의 발자국들이
한 폭의 그림으로 새겨진 천을 들고
그분 앞에 서리라

씨줄이라는 고난과 날줄이라는 축복으로
그림을 짜 가고 있지만
보이지 않는 손이
이미 밑그림은 그리셨고
우리는 다만
색칠하고 향기를 만들어 가는 것이 아닐까

향기로운 이별 여행
— 제부도의 석양

해가 서쪽 수평선에 걸터앉아
끈끈한 시선으로 아쉬워하지만
동쪽에서 환희의 다리로 열리는
내일의 바램이 있습니다
바다 위에 펼쳐지는
아침 만남의 다리와 저녁 헤어짐의 다리는
모두 붉은색입니다

겨울 석양을 등진 시린 웃음 속에서
단단한 약속이
불타고 있음을 보았습니다
세상의 두꺼운 벽을
한 방울 한 방울 사랑의 물방울로
꿰뚫겠다는 다짐이
바다를 흥건히 핏빛으로 적시고 있습니다

이승에서 어설피 엮인 이야기지만

화폭 속에서든

다음 세상에서든

언젠가는 한 송이 꽃으로 용궁에서 솟아올라

온 세상을 떠들썩하게

잔치를 베풀겠습니다

詩·書·畵의 경계를 허물다

이 승 하

(시인·중앙대 교수)

김철교 시인은 이력이 남다르다. 그는 서울대 사범대 영어 교육과를 나와 『영국문학의 오솔길』 등을 펴낸 영문학자다. 하지만 엉뚱하게도 경영학과 교수를 수십 년 동안 하고 이제 정년퇴임을 맞이하였다. 젊은 날에는 국제그룹 종합기획실 해외투자사업팀 과장을 했으며 (사)미래경제연구원장을 역임했다. 그러다 중앙대 대학원 경영학과에서 석·박사학위를 했으므로 경영학 교수를 한 것은 이해할 수 있다. 하지만 그는 2001년에 시로 등단한 이후 4권의 시집을 낸 중견시인이고 수필로도 등단해 5권의 산문집을 상재했는데 이를 일종의 외도라고 해야 할까? 김철교 시인의 외도는 여기서 멈추지 않는다. 그림에 대한 놀라운 감식안과 유려한 필체로 월간 『시문학』에 회화론인 「화폭에서 시를 읽다」를 연재하고 있는 중이다. 게다가 그는 화가다. 여러 차례 단체전에 자신이 공들여 그린 그림을 출품하였다. 교수로 재직하면서 목원대학에서 감리교 신학을 공부해 석사학위를 받기도 했다. 심리학과 상담학에도 관심이 많아서 연세대 연합신학대학원 상담전문가과정을 수료하고 현재 한국기독교상담심리치료학회 정회원으로 있다. 팔방미인도 이런 팔방미인이 없다. 옛날에 사대부 양반들은 詩·書·畵를 할 줄 알아야 한다고 했는데 김철교 시인이야말로 현대의 양반이 아닐까. 게다가 중인계급이 담당하던 경영까지 하고 있으니 십방미인이다. 그림을 그리고 그림을 이해할 줄 아는 시인이어서 그런지 시집의 제일 앞머리를 장식하고 있는 시도 신윤복의 풍속화인 〈미인도〉를 소재로 한 것이다. 여러 그림에 대한 인상기가 제1부에 자리를 잡고 있다.

1. 畵 : 화가들의 그림과 자신의 그림

> 구름머리를 무겁게 이고
> 고고히 누구를 꼬나보는가
> 손에 든 노리개를 준
> 선비의 뒷모습을
> 붙들고 싶은가

저 불룩한 치마폭에는
얼마나 많은 남자들의
그림자를 담고 있으랴

그러나 사랑이 담길 가슴은
빈약하기만 하구나
퍼 주고 퍼 주어도
돌아오지 못할 사랑으로
메말라 가고 있으니

수많은 세월이 흘렀어도 아직
젊은 자태로 있는 것은
사랑은 썩지 않기 때문일까?

—「썩지 않는 사랑」 전문

구름머리와 손에 든 노리개, 불룩한 치마폭과 빈약한 가슴 볼륨 등 신윤복의 〈미인도〉를 보고 세세히 언어로써 묘사하고 있다. 하지만 그림 감상에 머물지 않고 시인은 그림이 나온 지 250년이 다 되어 가는 지금 이 시점에서 어찌하여 이 그림이 생명력을 가질 수 있는지를 생각해 본다. 화판이며 물감의 문제가 아니다. 어느 선비에 대한 이 미인의 연모의 정이 그림에 생명력을 불어넣어 그림 속 미인은 늘 젊은 자태 그대로고, 이처럼 예술작품에 묘사된 사랑은 썩지 않는다는 것이다.

132

김홍도의 〈서당〉을 부제로 삼은 시를 보자.

> 이 시대 고관대작 글 보따리에 가득한
> 자식을 위해 위장 전입한 두툼한 기록과
> 육법전서 속에서만 살고 있는 정의라는 단어와
> 빛바랜 강남 땅 개발 예정 보물지도가
> 청문회 때만 되면 튀어나와
> 매문賣文하는 주인을 고발하고 있다
> ─「매 맞는 강남 부자 아들놈」부분

서당 훈장이 어린 학동을 혼내자 당사자 학동은 울고 있고 나머지 학동들 은 킬킬대며 웃는 그림을 보고 시인은 "까불던 졸부 자식"을 풍자하기로 마음먹는다. 졸부는 자식을 위해 위장 전입을 일 삼고 치부를 위해 투기를 일삼는다. 이 나라 고위층의 일상화된 불법과 탈법, 부정과 부패를 비판하는 도구로 김홍도의 그림을 가져온 것이다.

박수근의 유명한 〈빨래터〉다. 시인에게는 경매 사상 근대 미술품 최고가인 45억 2,000만 원을 기록했다거나 위작 논란에 휩싸인 것이 관심의 대상이 아니다. 이 그림을 보고는 상상력의 날개를 활짝 펴고서 그림 속 상황을 추적한다.

> 맨 왼쪽 혼자인 아주머니는
> 조금은 있어 보이네요
> 자랑을 많이 하다 왕따 당했나 보군요
>
> 두 명의 젊은 부인은
> 시댁 흉보느라
> 얼굴에는 어둠이 켜켜이 쌓여 있네요
>
> 저기 좀 늙수그레한 세 아주머니들을 보세요
> 엉덩이 펑퍼짐한 수다쟁이 — 아마 매파인가 봐요
> 이 마을 저 마을 소식 전하느라 빨래도 잊고 있네요
> 옆 아주머니들은 그저 듣고만 있지요
> 아침 며느리 투정이 가슴에 거슬려
> 사실은 누구 말도 들리지 않아요
> ─「빨래터에서 한恨을 씻다」 부분

이 시는 그림에 대한 시인 나름의 해석이라고 할 수 있다. 제일 먼 곳에 3명, 중간 지점에 2명, 제일 가까운 곳에 1명의 아낙이 빨래를 하고 있는 것을 보고는 이런 상황이 아닐까, 재미있는 추리를 해 보고 있다. 우리가 시를 읽고도 이런저런 해석을 해 보는 것처럼 시인이 그림을 앞에 놓고 화가가 이런

의도로 그린 것이 아닐까 해석을 해 보는 것이 시가 된 것이다. 시인은 김환기의 〈항아리와 매화가지〉, 이왈종의 〈제주 생활의 중도〉를 보고 느낀 것을 시로 쓴다. 외국 화가인 고흐의 〈슬픔〉, 피카소의 〈아비뇽의 처녀들〉과 〈꿈〉, 르누아르의 〈쿠션에 기댄 누드〉, 샤갈의 〈도시 위에서〉, 렘브란트의 〈탕자의 귀향〉, 달리의 〈시간의 숭고〉를 소재로 하여 시를 쓴다. 이 모든 시편에 대한 감상은 어려우므로 렘브란트의 그림만 보자.

『성경』에 나오는 유명한 탕자의 귀향 이야기를 화가는 바탕으로 하여 그림을 그렸고 시인은 그 그림을 보고 다음과 같이 시를 썼다.

사랑의 빛이 검은색으로 칠해지는
그날
이 세상은 문을 닫고
새로운 캔버스에
하나님은 에덴을 다시 그리시겠지만

패악의 게임이 벌어지고 있는
여의도 서쪽 거대한 무덤 속을 들여다보면
또다시 노아는 방주를 만들어야 하지만

끝까지 참으실 것이다
이 세상에 무지개를 주신 것을
기억하시는 한
—「신神의 인내」 부분

'탕자의 귀향' 이야기는 신약성서 『루카복음서』 제15장에 나온다. 유산을 미리 받은 작은아들이 집을 나가 허랑방탕하게 세월을 보내다가 비난과 호통을 감수하고 무일푼 상태로 아버지 집으로 돌아오는데, 아버지는 돌아온 탕자를 오히려 환대하고 감싸 준다는 결말로 끝난다. 돌아온 탕자를 따뜻하게 맞고 환대하는 아버지 역할을 가톨릭교회가 담당하려고 이 일화는 자주 인용된다. 시인은 렘브란트의 그림을 보고

『성경』 내용을 떠올린다. 그러고는 여의도 국회의사당에서 "패악의 게임"을 벌이는 국회의원들을 신은 과연 용서하실까? 하고 생각해 본다. 세상을 물바다로 만들어 노아의 방주를 다시 띄울 것인가? 아니, 신이 끝까지 인내할 것이라고 믿어 본다. "이 세상에 무지개를 주신 것을/ 기억"하고 있는 한 최후의 심판을 내리지는 않을 것이라고 생각하여 이런 시를 써 본 것이다. 그림에 대한 시인의 해석을 추적해 보면 그것만으로 해설의 지면이 다 차 버릴 테니 여기서 멈추기로 하고, 이제 김철교 화가의 아틀리에를 방문하기로 하자.

> 말로 글로 보여 줄 수 없는
> 그러나 가슴으로만 명징하게 볼 수 있는
> 단 하나뿐인 나의 그림입니다
> 어디엔가 붙박이로 걸려 있는 것이 아닙니다
> 빨갛고 노랗고 하얀 장미로 덮인
> 미로 속으로
> 조금도 막힘없이 흐르고 있습니다
> ─「내가 그리는 그림」 부분

이 시는 자신이 그림을 그리고 있는 이유를 밝힌 시가 아닐까 여겨진다. 말로도 글로도 보여 줄 수 없는 마음의 어떤 부분을 그림으로 그려 놓는 것인데, 이 그림은 "가슴으로만 명징하게 볼 수 있는/ 단 하나뿐인 나의 그림"이다. 보통의 그림처럼 "어디엔가 붙박이로 걸려 있는 것"이 아니라 "빨갛고 노랗고 하얀 장미로 덮인/ 미로 속으로/ 조금도 막힘없이 흐르고 있"으므로 자연을 눈으로 보고 가슴으로 느껴 그린 그 자연, 그 감정 그대로라는 것이다. 자연을 본 감정을 언어로 표현하면 시인이지만 회화로 표현하면 화가가 된다. 어떤 광경은 언어로 표현할 수 없어 그림으로 표현한다. 그리하여 "투명한 빛으로 만들어진/ 그림 속 주인공은/ 액자 속에 갇혀 있는 것" 이 아니라 "하늘에서 바다에서 대지에서/ 조금도 막힘없이 유영하고 있"는 것이다. 제3부 '사랑의 아틀리에' 는 자신의 그린 그림이 아니더라도 이 세상 온갖 사물을 시각적 이미지로써 구현해 낸 시를 모은 것이다. 다시 말해, 언어로 그린 회화작품이다.

> 내 눈길이
> 마법의 지팡이가 되어
> 던지는 곳마다
> 메마른 들에서도
> 붉은 장미가 피어나게 하소서
> ―「마법의 지팡이」 부분

> 가을을 생각하기엔 아직은 이른 때에
> 붉은 꽃 이파리 달콤한 혀로
> 벌과 나비 그리고
> 대지 가득한 바람과 입맞춤하며
> 꽃봉오릿적 꿈을
> 열심히 하늘 화폭에 펼쳐 보렴
> ―「까칠한 백일홍」 부분

부활하신 내 님
무덤가에 피어
하늘 가는 밝은 길을
앞서 가던 꽃

—「아네모네」부분

제3부의 시는 이와 같이 어느 것 할 것 없이 강렬한 색채 이미지로 우리의 시각을 자극한다. 시를 읽으면 우리는 뇌리에 시인의 언어로 그린 그림을 떠올리며 하나의 화폭을 그리게 된다. 메마른 들에서도 붉은 장미가 피어나는 마법을 보고 감탄하다가 일찍 핀 백일홍을 보고 꽃봉오릿적 꿈을 하늘 화폭에 펼쳐 보게 한다. 아네모네는 "부활하신 내 님"을 연상시키고 몽당연필의 "닳고 닳아/ 뭉툭한 몸매는/ 삶을 달관한/ 어머님의 모습"을 생각나게 한다. 이처럼 시인은 활자와 회화의 경계를 허무는 작업을 하고 있다.

2. 詩 : 시의 정의를 찾아서

제2부의 시는 거의 다 '詩'에 대한 시다. 자신의 시론을 '시의 정의' 13편의 시를 통해 펼쳐 나가고 있다. 연작시 제1번은 시인에 대한 정의로서 "자연이 작곡한/ 악보 속의/ 낮은음자리표"가 시인이라고 보았다.

시한부 인생에게 주어지는

아주 짧은 시간 동안
한평생을 곱씹으며
파노라마처럼 회상하는
한.줄.한.줄.

— 「병상일기」 전문

시라는 것이 병상 일기와 다를 바 없다……. 맞는 말이다.
그것도 시한부 인생에게 주어진 아주 짧은 시간 동안 지나온
전 생애를 한 줄 한 줄 파노라마처럼 회상하며 쓰는 시라는
것! 그런 각오로 앞으로 시를 쓰겠다고 시인 자신 이 시를 쓰
며 다짐해 보았을 것이다. 시란 "가슴 깊은 골목에 드리워진/
원형原形의 그림자가/ 뛰쳐나와 외치는/ 신에게도 보내는 편
지"(「시인의 바벨탑」)이기도 하고, "투박한 농부가 일 년 내
내/ 땀으로 수확하여/ 손으로 직접 짠 삼베"(「삼베옷」)이기도
하다. "수천 년을 두고 바닷가에서/ 팽팽하게 대립하는/ 발자
국과 파도의 밀고 당김/ 인간과 자연의 줄다리기"(「파도와
발자국」)이기도 하고, "사십여 년을/ 센 불과 약한 불에/ 달
이고 달여서 응축시킨/ 진액"(「에스프레소」)이기도 하다. 쉽
게 탄생하는 시가 있어서는 안 된다. 뼈를 깎는 고통과 오랜
인고의 시간이 필요함을 계속해서 역설하고 있다.

「병상 일기」에서 시 쓰기의 어려움을 말했지만 바리데기의
여행에 못지않은 긴 고행의 기간이 소요되어야 제대로 된 시
가 나옴을 다음과 같은 시에서 말하고 있다.

불사약을 구하러

저승 세계를 지나 신선 세계로 가서는
나무하기 3년, 물 긷기 3년, 불 때기 3년
아직도 밥은 뜸이 들지 않았는가?

이미 죽어버린 시詩도 다시 살아나
모두의 가슴에 둥지를 틀고
만신萬神의 왕이 될 수 있는 꿈
버리지 못하고
바리데기 되어 시를 쓰고 있다

　　　　　　　　　　　　　　—「바리데기」 부분

　바리데기 공주 이야기는 일종의 저승 여행담이다. 오구굿,
즉 해원 굿의 한마당으로서 오구굿이 시작되어 제일 먼저 오
구풀이 마당이 시작되는데, 이 오구풀이가 바로 바리데기 공
주의 여행담이다. 다른 서사무가도 그러하지만 바리공주 설
화, 혹은 신화도 서역 서천국에 가서 아버지를 살리기 위한
불사약을 구해 오는 이야기에는 불교의 영향이 깊게 드리워
져 있다. 아무튼 바리데기는 불사약을 구해 와 아버지를 살리
고, 나중에는 사람의 죽음을 관장하는 신, 즉 무당들의 신이
되어 추앙의 대상이 된다. 시인은 바리데기가 불사약을 구해
오기 위해 다년간 엄청난 고생을 했듯이 나도 시를 쓰면서 이
정도의 고생을 하리라, 각오하고 있다. 스스로 바리데기가 되
어 불사약과 다를 바 없는 시를 쓰고 있으니, 시인은 지상에
서 사라져도 시는 남아서 불사하리라. "이미 죽어 버린 시詩
도 다시 살아나/ 모두의 가슴에 둥지를 틀고/ 만신萬神의 왕"

이 되리라는 믿음을 갖고 쓰는 이가 바로 김철교 시인이다.

3. 書 : 새로운 세상을 향한 나그네의 발걸음

詩 · 書 · 畵 중 '書'는 글씨나 서예를 말하는 것이지만 해설자는 '學文'이나 '經世'의 세계를 말하는 것으로 이해하고 싶다. 시는 골방에서 쓰는 것이지만 시인은 보통 사람들보다 훨씬 많이 보고 듣고 느껴야 한다. 제4부 '나그네의 지팡이'는 세상 곳곳에 대한 현지답사 이후에 쓴 일종의 여행기다.

> 세상살이 흥건한 땀 식히려고
> 여행객은 기차를 타고
> 단숨에 달려간다
>
> 구경꾼도 순례객도 주교까지도
> 도저히 구별되지 않는 나라가
> 내 님 나라려니 오직
> 꽃잎마다 사랑 새긴
> 들꽃 하나 가슴 깊이 품을 일이다
> ―「캔터베리 가는 기차」 부분

영어교육과를 나온 시인은 영문학사를 수놓은 시인과 수필가들의 대표작을 중심으로 하여 그들의 생애와 작품세계와 유적지를 살펴본 『영국문학의 오솔길』을 낸 적도 있을 만큼

영문학에 관한 한 해박한 지식의 소유자다. 영문학을 산문으로 풀어낸 책도 냈지만 영국 체류 시에 보고 듣고 느낀 것들을 일련의 시로 썼으니 「캔터베리 가는 기차」 「단두대의 아름다운 모가지」 「도자기 속의 여인들」 「수선화 정원」 「또다시 무너지는 런던 다리」 「서펜타인 호수에서 그리는 수채화」 「짧고도 긴 편지」 등이다. 이 가운데 한 편만 본다.

> 부잣집 따님 버지니아 울프와 함께
> 가슴앓이하던 산책 길 풀꽃들도
> 저세상으로 간 그림자 못 잊어
> 이슬로 글썽이고 있다
>
> 셸리의 아내 웨스트브룩은
> 남편의 가슴팍에 자리 잡은 바람구멍을 막지 못하고는
> 호수에 몸을 던져 수련 꽃으로 떠 있고
>
> 서쪽 궁전 주인이 된 다이애나
> 먼 이국에서 꺾여서는
> 이곳 빈 정원에 흰 국화꽃으로 시름시름 앓고 있다
> ─「서펜타인 호수에서 그리는 수채화」 부분

영국 런던의 하이드 파크Hyde Park에는 80곳이 넘는 공원이 있는데 서펜타인 호수The Serpentine를 끼고 있는 공원이 특히 아름답다고 한다. 공원은 160만 제곱미터에 이르는 넓은 면적인데 아름다운 연못과 주위의 수목들이 조화를 이루

고 있어 공원을 거닐다 보면 도시 한복판에 위치해 있다는 것을 잊어버릴 정도로 아름다운 휴식처에 동화한다. 이 아름다운 공원의 서펜타인 호수가 영문학을 공부한 시인에게는 휴식의 공간이 아니라 비극의 장소로 다가온다. 1941년, 서식스 근처의 자택에서 아침 산책을 나갔다가 호주머니 속에 돌을 잔뜩 넣고서 오즈 강에 몸을 던져 죽은 버지니아 울프, 시인 셸리의 조강지처로 서펜타인 호수에 "남편의 바람기가 싫어 몸을 던진" 웨스트브룩, 그리고 프랑스 파리의 센 강변에서 교통사고로 죽은 영국 왕세자비 다이애나를 차례로 떠올리며 이 시를 썼다. 세 여성이 다 비극적인 최후를 맞이했다. 이들 여인의 주변 남자들이 세 사람을 비극의 구렁텅이로 몰아넣은 탓이리라. 시인은 "오가는 관광객만이 이곳저곳/ 이승을 카메라에 담으며 가슴 짠할 뿐/ 백조가 슬픈 이야기는 다 주어 먹어 버렸다// 호수 위에 조용히 떠 있는 꽃봉오리들은/ 숨진 여인들은 닮으려 애쓰지 않아도/ 옹골찬 외로움으로 아름답기만 하다"고 하면서 쓸쓸한 감회에 사로잡히고, 또한 애도의 마음을 갖는다.

「우리의 진시황릉」에서는 "옥좌에 오르면서부터/ 무덤을 쌓기 시작한다/ 사후에 거처할 또 다른 황궁을" 하면서 권력과 영광의 이면에는 폭력과 광기가 있음을 말해 준다. 그런데 시인은 중국 고대사회의 황릉에 대한 시적 묘사에 멈추지 않고 *(주식과 채권과 부동산으로/ 우리는 성을 쌓고 있다/ 언젠가 무너질지도 모르는/ 불안한 성벽)*"이라고 하면서 지금 이 땅의 현실을 비판하는 소재로 진시황릉을 적절히 이용한다. 그래서 제목이 '우리의 진시황릉'인 것이다.

　미국의 데스밸리에 가서는 "돈 벌어 오겠다는 내 님은/ 그 어느 곳에 해골로 구르고 있나/ 아직 저승 갈 노잣돈조차/ 마련하지 못해/ 황야를 이리저리 헤매는 것은 아닌지"(「395번 국도의 아지랑이」) 하면서 그 옛날 서부 개척 시대의 골드러시와 한국전쟁 이후 수십 년 동안 이 땅에 불어제친 아메리칸드림의 허상을 비판하기도 한다. "예순을 갓 넘긴/ 나성에 사는 할머니"의 "멀리 두고 온/ 그리움, 외로움, 서글픔"(「옛날 처녀」)을 다룬 시에는 재미교포 할머니의 인생유전이 담겨 있다.

　시인의 여행은 시간을 거슬러 올라 『대동운부군옥大東韻府群玉』의 선덕여왕과 지귀의 설화에 이르기도 하고, 제주도 서사 무가 〈세경본풀이〉에 나오는 자청비와 문도령 설화에 이르기도 한다. 두 설화의 내용을 안다면 "세상 모든 사랑을/ 내 좁은 가슴에 모아서는/ 사랑불에 푹 고아/ 말갛게 정제하여/ 상사병을 이기는 환丸이나 만들어야겠네"(「선덕여왕과 지귀의 사랑불」)이나 "나의 비루먹은 시詩여"(「나의 뮤즈, 자청비」) 같은 결구가 큰 감동으로 다가올 것이다.

　시집의 제5부를 장식하고 있는 11편의 시는 '시극을 위한 아리아'라는 제목 그대로 장차 쓰고자 준비를 하고 있는 시극에 들어가는 아리아, 즉 가장 핵심 되는 부분을 모아 놓은 것으로 판단된다. 어떤 시는 전후좌우 맥락 파악이 안 되어 고개를 갸웃거리게 되고 어떤 시는 강한 사회 비판 의식으로 말미암아 바짝 긴장하게 된다. 편편의 시에 대한 이해는 독자의 몫으로 남기고, 시집의 제일 마지막을 장식하고 있는 두 편의 시에 대한 해설을 끝으로 글쓰기를 마치고자 한다.

> 야곱은 147년을 마감하면서
> 고난과 축복으로 삶을 완성시키신
> 은총을 비로소 환하게 보았다
>
> 누구나 평생 이승에서의 발자국들이
> 한 폭의 그림으로 새겨진 천을 들고
> 그분 앞에 서리라
>
> 씨줄이라는 고난과 날줄이라는 축복으로
> 그림을 짜 가고 있지만
> 보이지 않는 손이
> 이미 밑그림은 그리셨고
> 우리는 다만
> 색칠하고 향기를 만들어 가는 것이 아닐까
>
> ―「삶의 방정식」 전문

이 시도 김철교 시인의 시론으로 읽힌다. 기독교인으로서 그분(신) 앞에 서서 "씨줄이라는 고난과 날줄이라는 축복으로/ 그림을 짜 가고 있지만" 보이지 않는 손(신)이 이미 밑그림을 다 그려 놓았고, 우리는 다만 "색칠하고 향기를 만들어 가"고 있을 뿐이다. 신의 예정조화에 대한 믿음을 갖고 순명하며 시를 쓰고 있는 시인―바로 김철교다. 유한자인 인간이 아무리 치부를 하고 권력을 가져 본들 마지막 가는 길은 심판 자인 하느님 앞이라는 신앙, 그것을 말해 주고 있는 시이기도 하다.

> 이승에서 어설피 엮인 이야기지만
> 화폭 속에서든
> 다음 세상에서든
> 언젠가는 한 송이 꽃으로 용궁에서 솟아올라
> 온 세상을 떠들썩하게
> 잔치를 베풀겠습니다
> ──「향기로운 이별 여행」 부분

시인은 제부도에 가서 석양을 보며 이 시를 구상했을 것이다. 저 석양을 우리에게 선물한 그 어떤 절대적인 힘을 우리는 망각한 채 살아가고 있다. 하지만 다행히도 김철교 시인은 詩·書·畵를 다 다루는 예술가다. "세상의 두꺼운 벽을/ 한 방울 한 방울 사랑의 물방울로/ 꿰뚫겠다는 다짐이/ 바다를 흥건히 핏빛으로 적시고" 있다고 한다. 대단한 각오다. 신의 위임을 받고서 인간세상에서 어설피 엮인 이야기를 풀어 놓기도 하고 화폭 속으로 들어가기도 하리라. 다음 세상에서는? 시의 마지막에 가서 말한 대로 하늘나라에 가서도 온 세상 떠들썩하게 말의 잔치를 베풀고 천상의 그림을 그리겠다는 각오를 다지고 있다.

이제 시인은 정년퇴임을 앞두고 있지만 이와 같이 詩·書·畵의 완성을 위해 새로이 길을 떠나겠다고 하니 전도가 양양

하기를 빈다. 지금까지보다 더 많은 결실을 앞으로의 활동을
통해 거두기를 바란다. 뿌린 자, 거두리로다.

시인 김철교

서울대학교에서 영시와 영수필을 주로 공부하면서 '창작시대' 동인(1968
~1975)으로 작품 활동을 시작하였다(1976년 서울대학교 사범대학 영어교
육과 졸업).
기독신춘문예 시 부문 당선(2001년) 및 월간 『시문학』 신인우수작품상
(2002)으로 시 부문에 등단하였으며, 계간 『창조문학』 신인우수작품상
(2001)으로 수필 부문에 등단하였다.
대학 졸업 후 국제그룹 종합기획실 과장으로 재직하다 국제그룹 해체
(1985)로 중앙대학교 대학원에 진학하여 경영학 박사학위를 취득하고,
1990년부터 2014년 2월 현재까지 배재대학교 경영학과 교수로 재직 중이
며, 경영대학장을 역임하였다.
교수로 재직 중 목원대학교에서 감리교 신학을 공부하였으며(1996년 신학
석사), 심리학 및 상담에도 관심이 많아 연세대학교 연합신학대학원 상담
전문가과정(2005)과 스터디/라이프 코칭 전문과정(2013)을 수료하였다.

연락처 : christpoet@hanmail.net, 010-9253-4985

홈페이지 : www.christpoet.com

<시집>
『뼛속에 부는 바람』, 도서출판 한천, 2002
『사랑의 보부상』, 시문학사, 2004
『달빛나무』, 시문학사, 2006
『나는 어디에 있는가』, 창조문예사, 2009
『사랑을 체납한 환쟁이』, 시학사, 2014

<산문집>
『사랑나무숲에서 부자 꿈꾸기』, 도서출판 두남, 2002
『경영의 샘』, 도서출판 두남, 2010
『영국문학의 오솔길』, 시문학사, 2012
『문학의 향기 속으로』, 시문학사, 2012
『기독교 성지와 토속신들의 무대』, 창조문학사, 2013
『아침 화단의 행복』, 시문학사, 2014

<경영경제 부문 저서>
『증자론』, 법문사, 1988
『자본시장론』, 법문사, 1997
『벤처기업 창업과 경영』, 삼영사, 1999
『증권투자분석』, 법문사, 2002
『현대경영학』, 형설출판사, 2004
『금융자산관리』, 형설출판사, 2007 외 다수

사랑을 체납한 환쟁이

지은이 | 김철교

펴낸이 | 김재돈

펴낸곳 | 도서출판 **시와시학**

1판1쇄 | 2014년 2월 28일

출판등록 | 2010년 8월 10일

등록번호 | 제2010-000036호

주소 | 서울 종로구 명륜동1가 42

전화 | 744-0110

FAX | 3672-2674

값 8,000원

ISBN 978-89-94889-65-8 03810